Nota a los p

Bienvenidos a LECTURAS PARA NIÑOS DE VERDAD, una colección de libros diseñados para los niños que comienzan a leer. En el salón de clases, los educadores usan libros cuyo vocabulario y estructura gramatical estimulan el interés y la capacidad de los pequeños lectores. En casa, usted puede utilizar LECTURAS PARA NIÑOS DE VERDAD para desarrollar destrezas y hábitos de lectura en sus hijos con materiales que siguen los mismos principios educativos que los utilizados en las escuelas.

Por supuesto, la mejor forma de fomentar la lectura en los niños es asegurarnos de que sea una actividad placentera. LECTURAS PARA NIÑOS DE VERDAD se encarga de eso. Sus personajes e historias son atractivos e interesantes, y capturan de inmediato la imaginación infantil. El diseño editorial sencillo y las encantadoras fotografías le ofrecen al pequeño lector las pistas que necesita para descifrar el texto. Esta combinación resulta divertida y estimulante para los pequeños, que se verán realmente motivados a la lectura.

La colección LECTURAS PARA NIÑOS DE VERDAD está diseñada en tres niveles distintos que le permiten seguir el desarrollo del niño a su propio paso:

- NIVEL 1 está dirigido a niños y niñas que están comenzando a leer.
- NIVEL 2 está dirigido a niños y niñas que pueden leer con ayuda.
- NIVEL 3 está dirigido a niños y niñas que pueden leer solos.

Los distintos niveles están diseñados en función de un vocabulario controlado. La repetición, rima y sentido del humor ayudan a los niños a desarrollar destrezas de lectura. Debido a que son capaces de comprender las palabras y seguir la historia, los lectores desarrollan seguridad en sí mismos rápidamente. Los niños disfrutan de leer estos libros una y otra vez, incrementando así su dominio y su sensación de logro hasta que están listos para pasar al siguiente nivel. El resultado es una experiencia rica y valiosa que les ayudará a desarrollar un amor a la lectura para toda la vida.

Para Bryan Tidd por inventar esta historia, y para
su padrino, Richard Hartz (tío Rich), por haberla
vivido—L. V. T.

Para James, con amor
—D. H.

Un agradecimiento especial a Lands' End, de Dodgeville, WI,
por facilitar la ropa y la ropa de cama.

Traducción al español: copyright © 2008 por Lerner Publishing Group, Inc.
Título original: *I'll Do It Later*
Copyright del texto: © 1999 por Lerner Publishing Group, Inc.

La edición en español fue realizada por un equipo de traductores hablantes nativos del español
de translations.com, empresa mundial dedicada a la traducción.

ediciones Lerner
Una división de Lerner Publishing Group, Inc.
241 First Avenue North
Minneapolis, MN 55401 EUA

Dirección de Internet: www.lernerbooks.com

Library of Congress Cataloging-in-Publication Data

Tidd, Louise Vitellaro.
  [I'll do it later. Spanish]
  Lo haré después / por Louise Vitellaro Tidd ; fotografías por Dorothy Handelman.
    p. cm. — (Lecturas para niños de verdad. Nivel 2)
  Summary: Ricky has a week to complete a big homework assignment but keeps putting it
off in favor of other, more enjoyable activities.
  ISBN 978–0–8225–7805–5 (pbk. : alk. paper)
  [1. Homework—Fiction. 2. Spanish language materials.] I. Handelman, Dorothy, ill.
II. Title.
PZ73.T53 2008
[E]—dc22
                                                                    2007009318

Fabricado en los Estados Unidos de América
1 2 3 4 5 6 – DP – 13 12 11 10 09 08

Lo haré después

Louise Vitellaro Tidd

Fotografías por Dorothy Handelman

ediciones Lerner • Minneapolis

El viernes, después de la escuela,
Ricky llegó a su casa.
—El maestro nos dejó una tarea especial
—le contó a su mamá—.
Debo hacer un mapa de mi calle.
Es para el próximo viernes.

—El jueves tienes partido de básquetbol
—le recordó su mamá—.
¿Quieres comenzar a hacer
el mapa ahora?
—¡No, no, no! —dijo Ricky—.
Ahora quiero jugar.
Tengo mucho tiempo para hacer
el mapa.
Lo haré después.

8

El sábado, la mamá de Ricky
lo vio en su escritorio.
—¿Estás haciendo el mapa?
—le preguntó.
—No —respondió Ricky—.
Estoy dibujando monstruos.
El mapa lo haré después.

El domingo, Ricky fue a jugar
a la casa de su amigo Gregory.
Gregory ya había terminado el mapa.
Se lo mostró a Ricky.

—Tu mapa está muy bien hecho —dijo Ricky—.
El mío también va a estar bien hecho. Pero lo haré después.

El lunes, Ricky se quedó en la escuela
con su equipo
para practicar básquetbol.
Llegó a su casa a la hora de cenar.
Después de la cena, se puso a leer un libro.
—El mapa lo haré después —se dijo—.
Todavía tengo mucho tiempo.

El martes, después de la escuela,
Ricky se puso a jugar.
—¿Qué te parece si haces tu mapa?
—le preguntó su mamá.

—Lo siento, mamá.

Pero no puedo —Ricky contestó—.

Los robots están apoderándose del mundo
y debo detenerlos.

El mapa lo haré después.

El miércoles, Ricky llegó de la escuela con mucha tarea.

—No puedo hacer el mapa ahora —le explicó a su mamá—. Tengo demasiada tarea. El mapa tendré que hacerlo después.

El día siguiente era jueves.
Ricky fue directamente de la escuela
a su casa.
Sacó marcadores y papel.
—Haré el mapa —se dijo—.
Pero antes, voy comer algo.
Se preparó un bocadillo.
¡Y estaba exquisito!

Una bocina sonó.

—¡Ricky! —lo llamó su mamá—.
¿Estás listo para el partido?
Vienen a buscarte.

—¡Oh, no! ¿Tan pronto?
—protestó Ricky.

Se puso el abrigo, tomó su mochila
y salió corriendo por la puerta.
Ahora debía jugar básquetbol.
El mapa tendría que esperar.

Ricky llegó tarde a su casa.
Su equipo había ganado
y habían ido a comer pizza.
Pero Ricky no estaba contento.
Ya no tenía tiempo para hacer el mapa.
—Siempre pensé que
lo podría hacer después
—le explicó a su mamá—.
Pero ahora no hay más "después".

Ricky se fue a la cama.
Pero no durmió muy bien.
No había hecho el mapa.
¿Qué le diría su maestro?
A la mañana siguiente,
Ricky seguía preocupado.
Se levantó muy despacio.
—¡Ricky! —dijo su mamá—.
Mira afuera.

¡Qué sorpresa!

Había nevado durante la noche.

Y había nevado mucho.

—La escuela está cerrada

—le dijo su mamá.

Ricky saltaba de alegría.

—¡Hurra! —gritó—.

¡Voy a jugar en la nieve!

Pero primero, voy a hacer mi mapa.

Ricky ni siquiera se vistió.
Desayunó a toda velocidad.
Luego sacó marcadores y papel
y comenzó a hacer el mapa.
Justo en ese momento sonó el teléfono.
Era Gregory.

—Hola, Ricky —dijo Gregory—.
¿Quieres jugar en la nieve?
—No puedo —contestó Ricky—.
Estoy haciendo mi mapa.

—Pero hoy no hay clases
—Gregory le dijo—.
El mapa lo puedes hacer después.
—¡No, no, no! —dijo Ricky—.
¡Lo voy a hacer ahora mismo!
Pero saldré a jugar después.
Quiero decir... *pronto*.
Y eso fue justamente lo que hizo.

Leer junto con su niño o niña

1. Procure leer junto con su niño o niña por lo menos veinte minutos todos los días, como parte de su rutina diaria.
2. Mantenga los libros para niños en un lugar cómodo y accesible.
3. Pídale a su niña o niño que lea *Lo haré después* en voz alta. Si tiene dificultades con alguna palabra:
   - permítale que pronuncie lentamente. (Diga: "Tómate tu tiempo".)
   - busquen pistas en la ilustración. (Diga: "¿Qué muestra la ilustración?".)
   - pídale que busque pistas en el contexto. (Diga: "¿Qué crees que debe decir?".)
4. Si su niña o niño aún no puede descifrar la palabra, ayúdelo con la palabra. No espere a que se llene de frustración.
5. Elogie a su pequeño lector: con su entusiasmo y apoyo, irá de triunfo en triunfo.